U0723113

游天杰 著

365日诗歌练习簿

长江出版传媒 长江文艺出版社

光 年 文 化

出 品

游天杰

出版人，作家，诗人。
现任惠州光年文化发展有限公司总经理。

已出版作品：

《时光字典》
《骰子的秋天》
《小镇上》
《野兽和花朵》
《一个人的猫》

一切幸运皆因有爱

365个意识碎片

记录 ————————————

365个生活瞬间

1 January
月

在文布村

某日醒来，阳光旖旎
微凉的风有立体感
那种微妙的美感是
值得信赖的

我凝视着儿子
他呼吸均匀，平静
他嘴角扬起的笑意
让我欣喜不已

我亲吻他的脸颊，像
擦拭过去的美好时光
让我如智齿般念念不忘
让我想重返那个春天　§

美好的日子

简洁

一碗米饭

饱满而真实

诗人依然活在人间 §

这个春天
天空亮得像被舔过

这个春天
每天刷牙，我的牙龈出血

这个春天
谈论吴三桂反清总是肤浅的

这个春天
你的泪水和声音有同一种颜色　§

山居

我爱那破碎的穷云

和起舞的光

落日

和黄昏的山峦

我爱那种晶莹剔透的蓝

发亮的湖水

蘑菇、雏菊

满天星 §

朝思暮想

就怕山高水低

来不及 §

当你老了

　　当你老了，头发白了，在电视机前打盹，捧着我的诗集细细地回味。或许内心在嘲笑自己，你当年抛弃的穷小子，现在已是受人爱戴的大诗人。那些年，多少人迷恋你姣好的身材和漂亮的脸蛋，有动真格的，也有逢场作戏的。只有那个穷小子真心爱你灵魂深处的自由和日渐衰老的容颜，或许现在他还像曾经一样爱你在乎你。在闪烁的电视机前，故人的眼，有着云的淡意，轻浅的痕迹……你忽然恍然大悟：爱情这玩意儿来得快去得也快，最好浅尝辄止！§

隔火观岸

那些无法靠近的事物总是很美

比如空荡荡的蓝天

比如你 §

合欢树

花美，形似绒球，清香袭人；叶奇，日落而合，日出而开，给人以友好之象征。花叶清奇，绿荫如伞，植于堂前供观赏。作绿荫树、行道树，或栽植于庭园水池畔等，都是极好的。§

剧本

她还是这么美，心中就起了敬意

在我读秒一般的嘀嗒等待中

她将自己的衣扣一一解开

任善良的人拨弄一池涟漪 §

睡在花影里

晚霞把我的诗句染成金黄色

淡淡的暴力

安顿下了悲痛 §

我是猫

因为我是猫

所以可以不讲道理

（我喜欢这样想）

万变不离其猫

我从不问猫为何物 §

很凉

阳光很凉
摇曳的树影很凉
湖面的花瓣很凉
炽热的蝉鸣
很凉

此刻，连我心中
火热的爱
也很凉 §

鞋

一条鱼，睡着了

河流弯曲

水草肥美 §

春山

微风吹出涟漪

你吻尘世的一朵花

像一滴泪一样清醒

阳光在幽静的花荫下绽放

我们碧绿的生活

卷心菜

然 §

光阴

——致诗人吾平

我静坐着
饮茶读诗

这个下午
春花灼灼

我静坐着
不惊不喜 §

猫

抱着一本书昏昏欲睡 §

小城如雨

小城如雨，绿蜡的波涛

渐次远去的天空

鸽子降落

荡然无存的山水

云沉默

手指乍感鬓角的清凉

牡丹与桃花的空想

竹林细语，如哭泣

黛青色的群山

飞舞的粉蝶

一抹夕阳斜映

我的残生像一枚邮戳 §

桃花

春光泛滥时
我无法沉默
我想歌唱
我想起舞

桃花喜悦
私奔的人不停歇
愉悦的鸟鸣
为我揭竿而起 §

宛如

宛如洁净的你
爱憎分明的你
无所畏惧的你

高贵的你纯粹的你
绝望的你愤怒的你
邪恶的你美好的你

万无一失的你
无情无义的你
战无不胜的你 §

春色

春色开阔，眺望窗外

桃花明媚

湖光乍泄

微微的凉

峰林斜耸

乱云无涯

山岬之间

一颗种子爆裂的声音 §

两行

己所不人

勿施于欲 §

单曲循环

古寺石阶

屋顶上宁静的午后

鸟鸣顺序而至

如木鱼般

坐下来读读诗

让我习惯以这样的方式

想你

两点之间

最远的距离

是遗忘 §

境界

他放下鸡肋

隐居写诗 §

三行

午后醒来，无数的桃花

伪装成一首诗

哈哈 §

一日蜜光

我们偷一日蜜光

赠予游天杰先生

他是一个诗人

从不随波逐流

总是准时吃早餐 §

想你

我看见玉体般的小猫想到你
我看见郁郁葱葱的竹海想到你
我看见花叶上晶莹的露珠想到你
我看见晚霞爬上洁白的窗子想到你
我看见泥泞里颠簸的小巴士想到你

我听着最绝望的音乐还是最想你
我在衣裳飘荡的午后放肆地
想你 §

心经

这个午后

心里爱着一个人

简洁才是诗意所在 §

爱情问题

一朝被蛇咬

二朝还是被蛇咬 §

猫

在酒香中爱一个女人

爱她的怀抱

爱她的声音

爱她湿漉漉的头发

爱她像勺子一般哀伤的小嘴

爱她犬牙交错的

像子弹般呼啸而过的心

我爱她像一朵紫色蒲公英

我爱她万般的沉默

她睡着了，呼吸轻微

我爱她洁白的身体

宛似淡淡杏花

开成一片闪光的银器 §

2 February
月

世界上最短的现实主义小说

睁开眼！§

伤口

你抡起巴掌猛扇

那张笑脸哭了

你笑了 §

一颗诗心

"秋日无边，苹果晴朗。"

稍停片刻

小侄女在日记里写道：我们像山羊一样芬芳

看着她脸蛋上蓝色的静脉

"你真是那样想的吗？"

她莞尔一笑，一颗洁白的诗心

在阳光中闪烁不定 §

尘世

我不想爱
却不顾一切地爱

我锲而不舍
我又不得不舍弃

我无法选择
是选择选择了我

落花绚烂
江湖之远

我纵身一跃
有幸成了风 §

花道

花败时落香

越冷越纯白 §

对垂直的诗意时间的微小片段进行研究

那就在黑夜沉睡并且让黑暗获取含着微笑的遗憾的诗意瞬间，同时在横向的时间中找到美好的表达，得出遗憾在消退、心灵在升华、幽灵在宽恕的正念。于是，不幸真的开出花来。形而上的微笑会在遗憾中发现不幸的形式美，脱离原因和欲望的一切，同时使过去和未来贬值的一切都存在于诗意的瞬间。§

罗密猫与朱丽猫

你是眼神无忧无虑的猫吗？

不，眼神很忧郁的。

你是教我学会遗忘的猫吗？

不，是教你铭记的。

你是从来都不写诗的猫吗？

不，是经常写的。

你是不爱我的猫吗？

不，是深爱的。

你是吻我很重很重的猫吗？

不，是吻很轻的。

你是让纯粹的快乐成为生活的猫吗？

不，我连想都不敢想。

那你是破我处女膜的猫吗？

不，那是死亡；①

我是你的罗密猫。§

注：①根据莎士比亚《罗密欧与朱丽叶》中"破我处女膜者，/是死亡，而不是罗密欧"的诗句改写。

橘子

今天看到两个字

橘子

感觉特别新鲜

我从小的梦想

就是请你吃橘子

我能请你吃个橘子吗？ §

此刻无声

独自坐在芒果树下
喝隔夜茶，读"二十四史"
写着陌生的句子

听一首《清尘雅琴》
阳光，正午和我
偶尔有一只鸟儿飞过

一切如浮云般的日子
"我感到我正在消失
并痛快地哭泣！"§

抒情

这些日子实在太抒情了

躺在手术台上的街道

堕落的光想念一枚发卡

万有引力趋利避义

响亮的正午彬彬有礼

心不在焉的紫荆花荫

高于接骨木的沉默

我吞下炎热的沥青

停机坪把你的瞳孔撑大

便利店正优雅地老去

一只野鸭飞翔在微风中 §

夕阳，像只兔子
奔跑在你的路上

时光茂盛的植物
跳出一只斑斓虎 §

比如

比如寂静就像是寂静的

比如赞美芦苇而不是风

比如往事清晰

爱如兔子般逃走

比如拨正反乱

比如指马为鹿

比如心见眼未见

比如一间装满房子的谎言

比如我的脑袋是一辆机车

比如一朵云把我拧干

比如像闪电一样快

比如一只猫被老鼠害死了 §

一只吸烟的猫

我不吸烟
但我的猫
吸烟

它将烟吸进
从我的身体呼出
它闭上眼睛
做着我的梦

我头脑混沌
我的猫却头脑清醒
在烟消云散的时刻
（猫不经意间展露笑容）

猫然销魂啊
就在那一瞬间
我爱上吸烟的猫

从此，我的灵魂有了烟火味 §

子虚山

你蹒跚追赶一只
逆风飞行的蝴蝶
像童话一样璀璨
落日美极了

汹涌的城市
在重创的风纹里
光线像印章一样
棋子落进宿命的局中

我们谈笑一尾
鲤鱼游过黄昏
有阶级的典型消遣
坠落忧伤的抒情 §

失眠之夜

失眠的时候，总想起一些

美好的事情。万物安睡

一个人替谁，守护黑夜

梦里偷光的人没完没了

这个失眠之夜，闻着蚊香那淡淡的清香

我跳出三界，却没能逃出如来佛

的掌心。我佛慈悲啊

失眠的时候，每一个毛孔都检测到

黑暗和恐惧。我一遍遍

看精卫填海，如负盛名

一个人失眠多年，终将被它所败

但今夜我没有失眠，是睡醒了

用自己的羽毛

写了首诗 §

两相宜

生与死

悲与欢

静与动

我与你 §

棉线午后

午后变成一个吻
宛如飞鸟
如同一把匕首的阴影

淡绿色的柳间风
盛开的山菊
愤怒的葡萄如闪电

光，炙热而轻盈
切中我的痛处
照亮了我的荒凉

我为你写着诗
像一只中断手淫的猴子
在尖叫中碎裂　§

睡梦协议

梦卒

仅作纪念 §

山盟

　　窗上树叶摇动，真是难以用言辞描述那有多美，多有意思。树叶只是摇动着，你我之间，只有干净的缄默，与存在。远处的断崖垂下一脉亮晶晶的泉水。§

异国

秋来，微凉。月亮圆到了极致
她的身体在我的梦中舞蹈
我却不在她的梦里

坐在寒凉的石阶上
窗前的梧桐树
柔软如常 §

海风

我把自己清洗干净
在棕榈树荫下读诗
就像一块有裂隙的石头
竭力保持轻盈

身穿比基尼的少女
金色的发波
闪亮在海浪之上，那乳罩带很迷人
仿佛细小的光点

时间微微弯曲
她们在沙滩上冲完浪，离开了
遥远的海水和孤独
露出雪白的牙齿　§

叶落彼岸

我死了

愿做一朵云

飘游四方

疲累了

化作雨雾霜雪

飘落在你的树林

你的头发

我要做赤杨嫩芽

要做飞蓬的花蕾

要做欢快的小溪

要做喷涌的泉水

化作你的血液

奔流在你三千骨节间 §

伪情诗

我放下尊严
摆起了地摊

我放下一切
却放不下你 §

浪漫派和现实派

多年以后，当我们从雪中采集到珍珠，神秘开始融化。没有日照，白色群山成为一条翻涌棕雪泥的河，一条狂暴的河。我们立在岸边，观看曾在雪下安睡如今已死去的天使，联通空荡荡的玻璃瓶和支离破碎的原木，如何一道被一条河卷走。§

条条小径有花香

句 §

睡前故事

日子那点事，一个男人和

一个女人生活在孤岛上

不可逆的悲伤和惊惧的海洋

有时候有种来得很慢

很慢的多余的疼痛

它吞噬着我的身躯

让身体散架

那剧痛从四面八方袭来

撕扯着我荒唐的肉体

跳跃的火焰

拍击在黑色礁石上　§

村镇

月亮很亮的晚上

夏虫很可爱

在湿漉漉的星光里

回到我们的小镇　§

晚安

晚安，月亮，晚安，苹果，晚安，小树，晚安，小鸟，晚安，小猫，晚安，书桌，晚安，台灯，晚安，牙刷，晚安，被子，晚安，梦……§

净

只有走出荆棘

才明白没有荆棘 §

3 March
月

愤怒之诗

我是太阳下一只愤怒的小蚂蚁

瘦小，黝黑，一块滚石

碾过了我

我，死了 §

那一天

你是一枚创可贴

轻快地飞过

我的伤口 §

落叶

　　昨夜这样的雨，下一场冷一场。光影离开枝头，无数的樱花便随风雨飘洒。一些人一些事，一些风卷走落叶。眼里吹进灰，只有泪水才能将它冲走。人与人之间，永远无法相遇。世界是美好的，归根结底是无意义的。§

花猫

仔细地看才会觉得可爱

看久一点会觉得更可爱

你也一样 §

今晚的夜色真美

声声狼嗥从潮湿的密林响起

从山头到山头孩子追赶月亮

这是看得见的声音，如在梦中

如哑女阅读唇的翻动 §

如果仔细听，我们全部都组成一股旋律

　　这是一个光线纯净的早晨。吹着非常轻柔的微风。石头房子的烟囱里飘出波涛起伏的青烟。鸭子从水上游过。一叶白帆滑过树林之间。

　　这个早晨，我的身体和微风、青烟、鸭子、白帆有同样的韵律。§

夜读勃莱

月光明亮，下过了一场小雪
黑暗的车辙从黑暗中跑进来
我凝视轻尘点缀的火车窗外
我的世界已醒来，十分愉快　§

花朵

你忍受了那么多

你有了新的面孔 §

时光

多好的白马啊

就像爱情一样 §

美好

小叶栎间

清风徐来

我们一起做点心

吃，尝一口

甜蜜的

回忆 §

雨

匕首，闪着寒光

奔放的肉体

被闪电切开

跑出荒凉

然后

生

长 §

湖

从昏睡中醒来
南风拂面
风景微醉

两个和尚
彩虹，花瓶
和爬山虎

画小鹿
画翠鸟
画美丽的
野花
画寂静的
旷野

她飘忽不定的画笔
画得
很美 §

钢琴

落在钢琴上的

女人的双手上

不停地

有十余条

二十余条

鲜活的鱼儿

咬着闪光的尾巴

跳跃起来

跑到大海

拎起了

最欢快而碧绿的

波涛的利刃 §

鸟录

人间还有这样的清晨
鸟眼里漾起奢侈的精神

看。无人。一只鸟在看:
一只鸟在空中短暂停顿

岁月,鸟儿一般地伸展
飞鸟之影,未尝动也

——不动。飞鸟在写——
鸟用翅膀幸福地舞蹈…… §

空

放羊，看天
天空，比草原更大
而你看不见

恋爱，踏浪
海，你在其中游泳
而你听不见

写诗，喝酒
酒，在你胸中奔腾
而你感觉不到

生活，忘却
生活，你生活其中
直至将你埋葬 §

砌

砌一间石屋，挖一口井
搁在高高的山坡上
三面环山，种桃树
当作唯一红尘

屋门常开，留一条门路
让花潮从屋后冲入
自前门涌出，沿着
石阶慢慢流逝…… §

野心之美

每次想你

云样的清淡

风信子：心的快乐

蝴蝶花：深情

晴天蔚蓝

没有鸟鸣，浆果跳跃

所有的不公

得到了平衡 §

旧

明净的月芽儿

黝黑美丽的丛林 §

虚竹

先生平生在什么地方最是快乐？

在一个黑暗的冰窖之中。

先生生平最爱之人，叫什么名字？

哎，我……我不知道那位姑娘叫什么名字。

虚竹子先生，这位姑娘的容貌定然是美丽非凡了？

她容貌如何，这也是从来没看见过。§

算是一首诗

欲穷千里目

一览众山小 §

裸

行行行行行行行色色行

行行色

色色行行行色色色行行彳

亍行色色

色行行行行行色色色色

行行色

行行行行色行色行色行

色行行行色色色 §

梦行者

在夜的岸上

蜉蝣的密集白云疯狂地

围着无血色的街灯旋转，在低墙上盘绕

看见一排排漆黑的树林 §

有一天

有人在街上拦住博尔赫斯

问："博尔赫斯先生，

我能问你一个问题吗？"

"您已经问了"他回答，

然后，加快步子离去…… §

流年

你年轻时

夏日常青

看树叶缓缓飘落

时光深不可测

当你老了

叶舞秋风

像一颗弹珠纪念

流年 §

悬崖

我们热烈地彼此需要

我们贪婪地彼此占有

我们无情地彼此纠缠

我们残忍地彼此伤害

我们彼此仇恨又相爱 §

兰波的梦

我拥吻夏日的黎明。

寂静的宫殿流水不止。阴影尚未在林中路上消失，我走过，唤醒一阵阵生动而温热的气息，宝石般的眼瞳在闪烁，鸟羽无声地飞去。

第一次相遇，在晨曦洒落的幽径上，一朵花告诉了我它的名字。

我朝金色的瀑布一笑，她的长发飘过松林，在那银色的山顶我看见了女神。

于是我揭开一层层轻纱，在小路上挥舞双臂。在平原上，我向雄鸡举报了她。

在城市里，她在教堂的钟塔与圆顶间逃匿，我追逐着她，像乞丐飞奔在云石的岸上。

在路上，在月桂树旁，我用层层轻纱将她紧抱，隐约感受到她无限的玉体，黎明和孩子一起跌倒在篱丛中。

醒来，已是正午。§

非此非彼

徘徊在阴影中从里到外的阴影

如此轻柔地包裹着我们精湛而紧张的神经

如同在两个明亮的避难所之间门一旦靠近便缓缓关上

从不可穿透的自我到不可穿透的非我

未留意脚下的路，专注于此或者彼的微光

未听见脚步只有声音

直到最后永久停止，永久消失于自我和他者

然后没有声音

然后缓缓地永不褪色的光照在那未被留意的非此非彼上

不可言说的爱　§

山河放纵

如故。心事辽阔

天空无色的空旷

满月像一枚戒指

星辰璀璨

不及你的眼眸 §

蓟

满载夏日记忆的火焰

仿佛要被阵阵秋风

吹灭

蓟

尖锐的荆棘

刺痛了我的心

一根刺是你存在的最好证明 §

4
April
月

第一次

我多想变成天边那轮明月

用尽所有光芒

朗照在你的归途 §

我

我之外

还有一个在青色火焰里的我吗 §

黄昏多么美好世界上的一切都是金色的

在镜头翻转处
我们看到了油菜花平静的光
季风油然而生

因为他
我们犹豫。因为他我们松开了手中的纤细长竿
我们感受到了时间，在他身上
摇摆 §

四行诗

云雨中

一片碧绿

山河外

一片清风 §

某年某月某日

相遇在一束光亮里

站在洁净的阳光下

我的吻很轻

你的头发很美丽

我可以找出一千种理由

真正的理由只有一个

我们是彼此的唯一的

立足之点 §

请在一页记下

你此刻想写的文字　§

猫

像刀锋，倾国又倾城

像大海，寂静也汹涌 §

抄袭

我抄袭了

你们

诗集里的

好词句

请原谅

它们太迷人了

那么美

又那么妙 §

今日，无诗。§

唯有纸锋里的寂静。 §

蓝

茶花开满山野

路幽深犬吠 §

没有猫

没有猫
时间是一只老鼠

没有光
是你丰富着我的内心

没有爱情
爱情不过是遗失的鞋

没有时间
猫将是一只老虎 §

环岛路

直叙的黄昏
嘈嘈落叶经过笑声
抖落午后的清凉

深浅浓淡的呆眼
像计程车错误的表盘
出尔反尔地读数

它遥控一个人的平衡
一段滑翔在折旧边缘的体温
被角度光逆转

你只是经过吗
那些未经碰触的流年
在纸缝间寻觅生计　§

情人

在每一个往来不绝的日子里

我和野兽们

排成一条美丽的曲线

移向阴暗处

认真爱一个人

在帝王和政治之外

端详，并洁净自己

（此处略去一万字）

身心放松之后

（请注意不要掉入平坦的诗意）§

爱的锋刃

不知写了

多少次

爱

但我

从没有

这样爱过 §

绿金

清晨的阳光照进九点钟
窗外，溅入几声鸟鸣
醉醺醺的落叶从眼前掠过
一缕暖光把小城漫卷

初夏时光，这里远离浮华
读一本叶芝的诗集
海风不断吹来惬意的宁静
自由的云雀插向晴空

生活如此之美，我不追溯了
包括人生、命运，报以微笑
不喜不悲。内心里充沛的绿
像金色的光一样闪亮 §

我看见你静静站立在竹影里

你什么都没有做

你的美

悠然可见 §

田园诗

昨日

落花

渐渐

连成

一片 §

上官婉儿

故事里。你睡了

化身一只

蛱蝶，依翼不依语 §

无言独上

月如酥糖

洒落 §

淡蓝色的盐

笔尖杂色斑驳

点点野花

微醺在阳光里（眷恋？）

我看见你完美的身体

在你的爱里闭关

用尽全力呼吸

我背光而坐

绕过结石

让我

轻于淡蓝 §

在这缓慢的时光里我看见她独自穿过我的梦想

强盗所见略同 §

插入提示

　　倘若某个词不存在，或尚不存在，这是因为这个词所指示（或将要指示）的意义在这一刻还未确定。你想要说的东西还没有名称。但是你认为，这种感觉——这的确是一种感觉——非常普遍，只是很模糊而已。你不得不发明一个能够涵盖这东西的术语。另外，这样做了之后，你就会尽量准确地描述这东西，给这东西一个大致的轮廓；所谓的描述，就是在这世界的连续性之中，在精神层面拆分出某样东西来。因为没有更好的表达，你建议将这东西命名为"僭越的感觉"。§

仿纳兰词

空中飘落的樱花瓣

谁都没在意

如约

走在黄昏 §

杨桃飘香的季节

短小、轻快的风

黄金斑斓的老虎

湿漉漉的黑森林 §

从日记本中摘抄下来

我活着死去的唯一季节

苍蝇的宁静的时光

白色的丁香花雏菊

被生生地丢弃的鸟巢

四月叶片的污泥

挂着霜花的灰色天光　§

当那滔滔奔流的美好日子又再来临

傍晚一朵停驻的云

一匹白马跳跃在溪边的小树林里

你对那个人的记忆

转身如落叶般潇洒　§

R.S.托马斯

不为他带来鲜花

只为那眼中的美

贪婪的美；不为那双手

一股自上而下的力量

延伸到你的指尖

以善著称却也那样做了

只缘穿过时间时

他才宽恕了一切　§

梦和科恩

"噢，我做了个美妙的梦。"她说，

"梦见与你与我共度良宵。"

结果，她自言自语：

"心灵已然承担了繁重的那些。" §

5 May
月

李清照

把额前的发丝挽到耳后
种花修禅，干净的春光
她感到一种孤独
在碧质的清汤中舒展

春天跑过一匹野马
一个心怀敌国的人
身体披满了蜜
尖尖的乳房，很美

雨，如箭矢般落下
多少明亮与喧嚣
英气初发的兰舟
为你消得万古愁 §

一个有酒有肉的晚上

参禅悟道 §

自欺比欺人更快乐

虚度了半生，隐居于此

短袖中的庭院

长长的午睡醒来之后

他倚在诗稿边，日头刚落

唐菖蒲摇动的影子

映在他紫色的帽带　§

情歌

樱桃红起来了
日子是一种铿锵的绿
不可抵达的绿

时光静得像一首诗
青山多么妩媚
白云表里如一

盛世里的一抹纯白
猫抓一样的疼
你忍住了而已 §

我尝试着

丢弃

恨

而转向

我愿

沉浸

其中的

爱 §

夏日

橡树平坦
枯荣的背后
是狂风咆哮的黄昏

你幻想众生，以怜悯自己
草木要再刚烈一点
野兽拱起脊背

穿过镜子
词语如铁星飞溅
你被午后莲花的光晕打中，裂成碎片 §

小兽记

哦，这感觉

多美妙，仿佛身体里

阴影又长高了一寸

它像圆月一样清醒

现实以猛然一击的方式

所有戾气都找到了出口

抵达逼仄的喜悦

这些年，它一路走来

看繁花洞开，万物静好

炙热阳光迸裂成点点晶莹

群山往家的方向退去

它的心骤然一紧

认出前世的模样

是蔷薇和好时光

它愈是凶残

我们愈是健康 §

落叶诗

石头喧嚣

一个秋日寂静的下午

野菊丰腴

凉意在燃烧

天边陡峭的云

在溪涧之上

满山秋叶，飞翔

如记忆之伤

我们彼此相望

我们相逢于书卷

一生太短

沉默太长　§

每天我有你和花、树、果的动人故事。 §

读《韩东的诗》有瘾

加购了两册 §

两个问题

你所经历过的
最美一场恋爱
有多美?

你所经历过的
最痛一场恋爱
有多痛?

我只能回答:
要多美有多美
要多痛有多痛 §

十行诗

第一行

噔噔，噔噔噔噔噔噔

第三行

猫坐在云端深处写诗

有神庇佑他吗？

第六行

我觉得这个世界

不配拥有猫诗人

第九行诗

到此为止 §

这个世界没有什么比痛苦更纯粹。 §

空间诗

通过梦的唯一捷径
我感到你把你的根扎进了我
我体验着我的死亡

当你骚动的火焰涌进我的体内
和每一寸我忘记了抚慰的肌肤
诗，让腐朽的肉体代之以美丽

在我冰清玉洁的世界里
唯有你的力量越过一切
伸到了我寂寞的边缘　§

不了了了

抄了一句诗

晚安 §

喜悦

仿佛无心
其实有意

佛顶顶佛
雪印印雪

心照不宣
相见欢喜 §

爱情像只跳蚤

它叮了我，又咬了你

在这只跳蚤身上我们的血液融合

这只跳蚤是我，也是你

它是我们的乐园

我们的婚床 §

假如生活欺骗了你

你会写诗吗，

一日一首诗？ §

天下苦猫久矣

我在我中

失去了你 §

旧情诗

微雨飘落。微雨飘落在栀子树上
寂静中，我听到了它飘落的声音
这缜密的雨丝，一点一点稀释着我
多少次把我从梦中惊醒
攥紧我的心，让我想起一些
与你有关或无关的事情
我又开始一无所有，失声痛哭
此刻，你走向我。脚步如同光芒
洒落，滑过危险和紧攥的美
我们拥抱在一起，像刺痛的电车
奔驰在那懵懂无知的世界 §

我走出的每一步，

都是在逃离樊笼。§

回声

总是在这片土地

桃花泛红，剥光这梦境

影子是荒凉贫瘠

你在暴乱中写作，消隐

词语在各自的空旷中

既无忧伤，也无重量 §

一枚落叶

你的红内裤

都很美 §

爱是记忆中浅蓝色的幻觉。§

在白夜

你泡了一把桑葚，加玫瑰
我泡了一杯竹叶青，加陌生的诗
加进你

    注：2020年4月底，我和吴子璇
到成都旅行，到了翟永明的"白
夜"酒吧，她心情大好，说：我们
从现在（三点）在这里坐到晚上
吧。后来，我见她拿了几本书安静
地读了几个小时，还一边记录灵感
和喜欢的句子，我有点吃惊，能随
遇而安，也是一种高度啊！§

秀色青城

——给子璇

一路走上山来
蝉声连绵不绝

翠峰下的月城湖
加深了春日的幽意
阳光忽而明媚
鸟鸣闪烁着，比松絮还轻

风吹过丰腴的你
你的绿裙飘动多么美丽
云影下
碧波摇曳成火

这个朴素的早晨
我不想才华横溢
心安乐处，此刻
只为你一人写诗　§

日记

思念是一堵墙
阳光穿越刺篱

忘记七月的酷热
暖雨敲打着树叶

游动在梦中的鱼
欲望的呼吸上升

一种莫名的疼痛
吞噬着时光和我 §

盛夏午后的艳遇

像巨石撞响午后

钟表怒放

时间是瘀伤

你想念花开

我只是信手涂鸦

远离修辞

在阳光斑驳的幽径上

阴影也是美的　§

海草森林

你也许见过，沿着海滨
有海草生长。海草
喂养的海洋生物
就生活在海草之间

但是，在更为广阔的
远离大陆的海域
你见过海草森林、海草花园
和海草草原吗……

几万万万亿个浮游植物
上升到充满阳光的顶层
将养分和二氧化碳吸收
并再次捕获了我喜悦的

光。§

6
June
月

夜钓湖上

放桨在十几里夜色
小船在波光中轻荡

一盏香火，远近朦胧
湖面飞起几只白鹭

月光膨胀在芦苇里
暗流处涌动着一抹鱼

倚着凉风，萤火
将细碎的星子点亮 §

孤独者

日子写满陌生的纸
过去完成一条逃亡路线
文字里我们总是说纸短情长
你站立的姿势，独伫，翘首

憧憬行云和流水的人
你相信词语的真诚
相信晚霞和星空直至把你刺痛
你的生命在想象中舒张

你在追问，梦想自己宣誓的故事
你深沉的思绪在黑夜中流动
你起身，拂去身上的尘
为一尾金鱼面壁 §

如果人从死的那一刻向着出生而活，那能避免多少错误？§

黔灵山一日游

有小鹿，有寺庙

有神迹

裙摆在你抛出五月祈祷后

飘飞出满日的弧度 §

六月之夜

在这个六月之夜
我喜欢看桃花落尽的桃树
我喜爱你的身体

来到我们曾经的桃林
我想你
我要你 §

儿子的门牙

儿子的四颗门牙好白

看着让我好羡慕啊 §

儿子用他锋利的牙齿咬我肩膀

我心想

他属狗，要磨牙 §

在这里

爸爸在哪里？

儿子说"在这里"

妈妈在哪里？

儿子说"在这里"

眼睛在哪里？

儿子说"在这里"

鼻子在哪里？

儿子说"在这里"

肚子在哪里？

儿子说"在这里" §

自豪

儿子突然嘴角上扬

我忽然感觉他是

我最好的一首诗 §

慢

风景

花开了

留有余地

一行比一行

更长更长更长

彼心安处是吾猫

若不变成你的火焰

没有时间让时间停止

我会在某个时刻被拿走

天空是我爱你唯一的理由 §

需要

需要阳光

需要轻盈

需要风

需要流血

需要速度

需要盐

需要一把枪

需要你的手

把诗意劫持

需要沉默

需要感觉

需要疼痛 §

一首看不见的诗

希望你读到这首诗

能遇到最初的自己 §

非谎言

坚持写诗

你会越来越年轻 §

想象花朵

无常在她湿润的嘴唇上

明亮之光照

轻薄性移除

拉伸、折叠和倾斜

假设、重构

回旋

节日的篝火

借花加速

想象中飞翔的鸟儿 §

写真集

爱沐浴着光

一阵微风

在小鸟中

口集体练习呼吸

战斗机寂静

头颅插入云霄

黑暗之手

掏空了光明　§

星期天

　　我们去踩单车，越过盛放的薰衣草场，伫立在旷野四周，衰老的夏日，像一支拉满弓的箭。天边残存着橘色的卷云。矿石里灌满了寂静的风，时间是一个巨大的鼓。飞鸟的微澜给黄昏留下沉重。§

叶竹君

愿你坐在我身旁

漫不经心地

翻阅诗集

如同芦苇

在风中

体验沉思的优美 §

猫之吻

猫吻我的时候，山河入梦
冷若冰霜的时光
我感到欢欣鼓舞

"醒来吧！"
猫轻拍着我的肩膀说：
"你将被遗忘，
不再有什么可以失去。"

天哪，就在这一吻中
我和猫达到了
完美的境界 §

一切美好到了让人忍无可忍的程度

看到你回眸浅笑

在宰相肚里撑着

伞 §

白玉兰

初夏，白玉兰

最初的光，洁白如纸

穿过迂回明暗的风景

以一种透骨之力

我们终于相逢了

父亲，我低处的父亲

战争是从前很久的事

如今没有战争了

往事温婉，我不再是个孩子

静静驻足这玉兰树下

一阵热风，让最初和

最后的花朵一起燃烧

交叉的命运承载了

多少苦痛的排列组合

在这干净世间，我不知道

我们是谁，我们姓什么

我们就这样，自始至终

没有历史地存在着 §

在每一个玉树临风的时刻

我梦见

我是野兽

你是花 §

今日无事

今天天气很好

你烧的饭很可口

快递员上门很及时

突然一场雨下得很美

雨过天晴

阳光又很好

我不羡慕旁人

爱或不爱

书写着人间不完美 §

叶落了
还是树

水干了
还是河

你不爱了
还是你 §

耐心

快到了

七年之痒
不管黑猫白猫
只要发情的都是好猫

快到了，就要降临的
小花猫 §

打坐

天空似一个巨眼

时间凉凉的

我和猫在写诗 §

鱼群

夏夜丰硕，你漫无目的地
拉开窗帘，看到月光
鱼群白了 §

小而美

风小而美
字小而美

瓜果小
而美

初雪小
而美

一碗饭小
而美

我喜欢她的样子
小而美 §

观雨最佳之处

在快速运行的火车上
干枯的草将会点燃潮湿的草

灰暗的云朵，沉寂之处是一座山
在它永恒的黑暗里将毫不留情地想起我

稚气未脱的雨无止休地嘶鸣
在飞扬的鬃毛下，风敲打这骨头

窗外的雨，在闪烁
一种狂奔、焊接、几秒长的隐蔽
消失，然后再突然闪现

我头顶蓝色的星空，卡在城市的阴影里
走投无路

坚韧的诗意，如一只硕大的老虎
被你一览无余　§

没有比对你的爱更富于艺术性的事业

我成了爱幻想家

躺在这里，无聊得要命

带电的肉体

像小旗一样飘扬

你腰间是盛满雨水的湖

（我该怎么办？）

紫藤爬满了墙

你知道我有多爱你吗 §

7 July
月

伊犁之夜

仰望蓝色星空
倾听风的声音

好像绘画的郊外
小河、桥、堤岸，各色的纤尘

半弯明月斜挂在屋顶的另一边
而我在旷野中驻足

天空是带有灰色的深蓝色
寂寞的树林蹲着身子

星星闪耀
天向各方扩散着 §

纪念海子

想象的烈马，形成行空之力
落地有声

坐在麦芒上，努力地去忘记
月亮，伤口和姑娘。
你忧郁地流浪，在山海关

燃烧的王，你梦见凡·高火焰的抒情
你卧在冰冷的铁轨上
锐利的灵魂开绽出奔放的葵花

从此你的话语更清晰。生命仅一次
名声和白雪温暖你的骸骨 §

猫

我不想再爱了
却又想爱得更美好

我从没做过猫
我一直在做你的猫

我原来一无是处
不比猫正经多少

和猫在一起的日子
我心始终如一

我写的诗就是诗吗
或者说我就是猫吗

一个世纪过去
我长大成孩童

我说，要有猫
于是就有了猫 §

当时风

当时风在白天吹
我希望那是夜晚

当时风在他乡吹
我希望那是故乡

当时风吹在你脸庞上
我希望它吹得轻柔些

当时风是一阵下降风
我心中是一股上升流 §

诗歌缩短我们的距离

我读小学，你还没出生
我读高中，你才上小学
我上大学，你还在读小学
我大学毕业多年以后
遇见了刚上大学的你

在茫茫人海之中
是诗歌缩短我们的距离
感谢诗歌，让我们相遇
谢天谢地，让我爱上你　§

概括

像肉体一样大的风
像猫似的蓄满的美
像刚洗晒过的床单
像砒霜一样的阳光

像一只蚂蚁搜寻着食物
像铁轨举起我的旧情人
像清风弹奏佛性的空间
像夕阳安静地欣赏芦花

像一只飞起的铁锚
像木杵落入石臼中
像逃脱劫数的牙齿
像我毫无防备的心 §

一间茅屋和一扇小窗
一缕阳光和一页经文

一面镜子和一座山峰
一朵莲花和一个微笑

一抹绿叶和一粒微尘
一片晴空和一扇小窗 §

午后

雨把叶子从树上赶下来

村庄里不需要音乐，昆虫落到树荫下

聚集在墙壁上的东西，在微风之后，被日照和波浪杀死

骨骼载着白色的花

被思念遮挡的鱼，攀上悬崖 §

无花果

莫名其妙地想起你

隐藏的爱深藏不露 §

我为什么爱你

因为云朵因为石头

因为光芒因为草色

因为偶然因为危险

因为纸因为雨水

因为错觉因为真理

因为野兽因为明天

因为善因为恶因为时间

因为鲜花因为定律

因为小镇因为美好

因为阳光因为虚无

因为风因为钥匙因为天空

因为结局因为幸运 §

贱命

　　天很热。一个男人在芭蕉树下读书，至于他读的是什么，我们永远不会知道。一只鸟笑傻了。我们看到一道平淡无奇的风景。鸟在空中盘旋几圈，然后飞走了！

　　从此以后，村里再也没有谁见过那个男人。§

谜语

强光在她的体内歌唱

天空里冷却下的酒焰

肚脐上覆盖着白云

岩石、野花和流水 §

小窗记

小窗上的一片干净的蓝天

若隐若现的云

羞愧而洁白。在远方

有流水惬意和小山的笑姿

现在，透过小窗，除了蓝天

和缓缓飞旋的落叶

什么都看不到：耳边，一只鸟儿

啼鸣，撕心裂肺　§

一个好消息的坏结尾

这首诗的开始

一缕阳光绿得那么显赫

美人身上流淌的微汗

明知是美好的

却像宋江题了反诗 §

每一次想你

每一次想你
白云就会变成一棵云杉
风撩起你的衣裙
小兽在天空奔跑

每一次想你
落日隐没于山崖后
野花停滞在岩石间
我握住第一颗星星

每一次想你
我谁都不告诉
只告诉一只小蚂蚁
它轻轻地啃着我的诗句　§

你说雨好大

有大象那么大吗

有飞机那么大吗

有旷野那么大吗

有中国那么大吗

有夏日这般盛大吗

有诗与远方那么远大吗

有马六甲海峡那么长并且大吗

有我的愤怒和鹰和豹子

和马蹄声那么大吗

有自由那么大吗

有沉默那么大吗

有法律那么大吗

有正义那么大吗

有我喜欢你那么大吗 §

紫云英

一个我喜爱的花名

紫云英

开满了田间小路

她们在欢庆自己的节日

全然不惧

明日将葬身于这片土壤里

如此美丽动人地

燃烧般地绽放着　§

少年

我听见一个少年说道：

"就在那里。"

我看看四周却什么也没看见。

那少年又说：

"在那里，在你心中

还在一边戏耍一边向家里奔去。"§

云

　　我迷恋云，就像迷恋不羁的思绪。盛满万物的
空无中，云朵是宇宙美丽的前额。四周静谧，我凝
视着云在愉悦的明暗中滑行，如此绵软，在绵延的
视野之中。喧嚣，但又悄然无声，一阵欲望的风跑
进流云的怀抱，捏造出可爱的形状，在梦幻的阳光
中，马匹仰首奔跑，船头破浪前行。我望着云舒云
卷，徐缓，决绝，在凉爽的睡意中，我愉悦地看到
我漫游在敞开的中心，还有目光中的梦。§

绝望之诗

击碎的痕迹留在心上

悲伤无序地铺展开

阳光不是在水中

而是在眼泪里得到发酵

光芒触及我们

此刻什么也察觉不到

时光弹奏着寂静

或追忆陈年旧事

上帝保持沉默聆听

比语言更具吸引力的

是鸟的话语

它们在自然中相爱

那是永恒的诗篇吗 §

猫

我以为你是我生命中的那猫
可不是，没人抚摸过我的猫
我的生命中没有猫。我曾经
以为你是。可，不，你不是 §

梦想独行

他读着诗，幸福得飘然欲仙

他渴望孤独，孤独是独立，也是寂静；
它轻浮，像野花一样慵懒；
它寂寥，像有星星旋转的清冷夜空……

他沉渣泛起，我洗耳恭听
太守正在卧龙岗上熟睡 §

秋天

公车坐过了站
白云朵朵的天空
你在想什么？

我随身携带你，类似
一只甲虫
穿过我的思念 §

山寺

想象中切到手指比
真实切伤手指可怕 §

时间简史

上面
是绿色的橄榄树

中间
有一只黑鸟

下面
是白色的溪流 §

诗人与玫瑰

聂鲁达在一个酒吧与一群流氓发生争执，匪头正要狠揍他的时候认出了他是自己崇拜的诗人聂鲁达，他替未婚妻给诗人献上了一枝玫瑰和一个热吻，说，"我的未婚妻正是因为我朗诵您那纯洁的诗歌才爱上我的"。 §

盛名

我整理好河山
刀锋失去耐心

我交付出自己
明月失去耐心

我愿遁入空门
清风失去耐心

我想走马红尘
你又失去耐心

盛名之下其实
其实很无聊 §

桃花诗

阳光

酸奶

和猫 §

被迫抒情

唯有不抱希望爱着他的那个人才了解他。

——本雅明

夏日午后，安静记起

在世界的中心呼唤爱

世界在你不知道的地方运转

空镜头

满月之夜白鲸现

雨天的海豚们

倘若我在彼岸

最后的花开

行到船停处

远去的家

留下静的鸟儿 §

8

August

8月

DAY
211

绽放

如同蜂鸟振翅的瞬间，
展开一个完美的"自我"

绽放。§

你的珊瑚和星雨在我乳牙上吱吱作响

　　被单从床上站起而它的轮子拖曳着如此湛蓝
的音乐在勿忘草的湖上使劲拍打在我的怀抱中鼓
胀飞溅出滴滴星雨彼此陶醉的珊瑚从橄榄树上骚
乱的枝条的芳香其形状在你跳跃的浪沫在我乳牙
上吱吱作响　§

八月

蝉鸣阵阵的八月来了

炽热的太阳和绿葱葱的树叶

我沉醉在青草味道和夏天气息中

躺在长椅上看书也是一种乐趣 §

黑

这里太黑了
因为不管在哪里
这种黑都代表你

你必须像黑一样
光明磊落，像黑一样
脉络清晰别无选择

此刻，你感受着这种
从未有过的黑
无法逃逸的黑

黑主流，黑完美
黑绝望，黑飞舞
黑如子弹的力度

黑得再也
看不见黑 §

抄吴子璇半首诗

那个秋天
小草上的露珠踮起脚尖
像人民欢迎我

我推开鸟鸣，怀抱洁净的早晨
衲衣，诵经，坐禅
阳光正好，也不必欢喜 §

羡慕猫

羡慕

我的猫

浪漫，诗意

堂堂正正

夏日

我是他的访客

在微风吹拂的午后

猫醉了梦境

时光静好

我第一次懂得了

世事如猫

积多成少 §

一只小蝙蝠

说，

"请打开黑暗，

我害怕光明。" §

从前

在云朵的峡谷中

海豹梦见晶莹的浮冰

野马梦见大草海

猩猩梦见月光中闪亮的瀑布

在刀锋下

裂开 §

山月记

为了江山
你的心空无一人

桃花竞开
挡不住流年似水

胃里的酒
多么苍白无力

光风霁月
穷则兼济天下吧 §

我没有房子和屋顶

我睁开双眼抬头

看着天外的雨点

落进了我的眼睛 §

门槛

银莲花绽放在电流中
小猫沉睡在虚无边缘
太阳鱼游进我的瞳孔
白昼的黑色多么深邃
绝望的金子正在闪烁
雨水虚弱地滴下来 §

完美的天堂

看

我在

我的国度

水变成水泥

天圆得像臀部

风吹得劈啪作响

鸟梳理自己的羽毛

鲤鱼在湖底吐出阳光

卖老鼠药的人渐渐远去

晾衣绳上的内衣打湿了我 §

鸠占鹊巢的鸠是什么鸟

有人说
是布谷鸟
我不信
它唱歌那么好听

有人说
是青燕子
我也不信
它长得那么美丽

又有人说
那是红脚隼
我开始有点信了
隼，这是一种小型猛禽啊 §

我要非一般

你们说就这么办
我偏就不这么办

你们说这是巧合
我坚信那是预谋

你们说需要良心
我马上发展兽性

你们憧憬着美好未来
我必谈论痛苦的过去

你们说那是诗意
我必定将其剪除

你们说这是天堂
我偏就想下地狱 §

洁白的肉体

　　脑袋靠着墙B点，屁股靠着墙A点，双膝靠着墙B和C之间的一点，脚靠着墙C和A之间的一点，一种不确切的白色，跟地面混合在一起。就是说，脑袋靠着墙的A点，屁股靠着B点，双膝靠着A和D之间，脚靠着D与B之间，那同样的。这是一个女人洁白的肉体。§

你除了悲伤一无所有

此时此刻
你除了悲伤一无所有

谁不把悲伤当成悲伤
那是可耻

谁如此轻易地展示悲伤
那也是可耻

谁问悲伤的缘由和感受
那更是可耻

谁没有过悲伤
而你除了悲伤一无所有

最后，悲伤抹去悲伤
然后你开始快乐起来 §

龙脊梯田

鸟是温柔的
在神秘阳光一边
和一个回眸里

转身的一瞬
你的嘴唇被描红
阳光越来越大

你彩色的泪珠
喊了半天，终于
被努力地撑起 §

在我爱你的这座城

雨下了一天一夜又一天

我凝望着夜空

看星星

看月亮

看你的侧脸

此刻

我们这样清贫

和安静

就连沉默

都太响 §

一首空洞的情诗

你的天空迷人，无边无际

你的身体像暖色的蜂群

云彩和雨舞动在你臀部

在火热的玄武岩上

一股热风掀起你的裙子

你宽阔的锁骨上，有麋鹿和远方

你手挤双乳，洁白的身体

就是一道温婉的风景线

成群结队的角马穿越而过

我汗如雨下，战栗遍布全身　§

光阴醉

　　微细的小镇木槿花蕾撒缀成淡绿的阳光嬉闹和
树林突然落枕鼓起燃烧私自通往晴天最开始的亲吻
热气和雨水在优雅地跃动我迷恋夏天的原因是因为
你时光在短暂的事物中我正在撤退的青春像一只迷
途的鸟儿掠过你的脸颊 §

花鸟岛

天光大亮，像
被一只螃蟹抓伤

我站在街角眺望
在所有风景中省略你

心中浮起的犀牛
比落花还要轻 §

写一首简省的诗

亚当

夏娃

突然

觉醒

蛇在

休息 §

太阳看见了月亮

因为，月亮昨夜

和我一样失眠了 §

倒叙一首诗

让第一颗炸弹毫不迟疑地落下
一种最终消亡的恐惧和美妙
很快将会终止：一种时尚，一个阶段，时代，生命
城市狂欢着，一切在鲜花中 §

寂静

那样的蓝是不应该的

阳光越来越亮，从未递到对岸的涟漪灿烂炫目

我蹚涉在水中，一条鲤鱼尾巴突然闪亮看似一个完美的Y

让我想要收回再次抛出的救生圈　§

勿忘我

黄昏时分的原野上开满了勿忘我

这浅蓝色小花让我想起远方的你 §

古城

阳光有种古旧的朴素的感觉

天下过了雨，山峰轮廓分明

天际渗出一抹清凉的蓝 §

忘川

我饮完剩下的酒
一边写诗，又醉
当晚风吹拂

我酣睡，直到月亮升起
虫敲我窗
杜鹃花闪亮

直到听见
鸟啼嘤嘤 §

事件

猛虎清晨一个跳远
蔷薇凋落在暮色中 §

9
September
月

枪

一枪在手

胜有无数枪在万里之遥

鸟打出头枪

有枪不是为了赢而是为了不输

背后开枪永远要比明火持枪好

瞄准一万次不如开一枪

枪无止境

要像枪一样奔跑 §

三颗子弹

第一颗

第二颗

第三颗

一共三颗子弹，很完美。 §

秋日

阳光明媚如猫

我，像秋风扫落叶一样地

爱你 §

猫和你

在猫和世界之间

你是……

在世界和你之间

猫是………

（多了三个点）

在猫和你之间

只有沉默 §

梦中诗

昨夜我在梦中写了一首诗
记下来肯定是一首好诗
或者那就是我的成名作

尽管努力地搜寻着它的痕迹
却什么也想不起来了
只记得我梦中写过一首好诗 §

纪念诗

*　*　*

*　*　*　*

*

*

数一数这个答案

我们就有了爱情 §

阳光很好

阳光很好，照在你的脸上
像轻轻晃动的碧玉
你的凝睇凭空而来
阳光停住了脚步

阳光钉在落叶上
阳光对人非常有益
这丰盈的时刻
阳光很好。对我用尽酷刑 §

恍惚之年

阳光炽热

闭上眼睛

跟着我

想象

十年

二十年

三十年后你的样子

我们相视一笑 §

与你为敌

我更能相信爱情

相信绝望的破碎

和极致的美好

相信到能战胜对

现实的恐惧　§

你是我最敬佩的人

因为你是真正的弱者。 §

为项羽写一首诗

至今思项羽

内心的创伤

谁理解呢？ §

秋天来了

落叶的颜色很温暖

在一阵阵的秋风中

化成了缤纷的小鸟

向故乡的大地飞去 §

穷人

如果

诗意无法继续

那我

真是一贫如洗 §

我在寻找一朵玫瑰

如你一般模样

它的花像你

它的叶像你

它的蜜像你

它的刺像你

它的香气

它的野蛮

它的穿透力像你

它有你生命的色彩

和你迷醉的气息 §

起风了

树木擦过空气

黄叶挂满鸟声

你纷纷掉下来 §

无不无聊

我好无聊

无聊无聊

真的无聊

非常无聊

十分无聊

无聊死了

喂，喂喂 §

消逝的鸟群

我不再想塑造
语言的骨髓及其各种形态
一切词的动作将我挤出
我只想将眼睛盯住消逝鸟群
并在那之后让我沉默

潮来潮去，我不想
因为它流动还是永恒而失落
我不想成为诗人或预言家
我只想用自己轻盈的笔尖
在词藻的艰深中采掘

然后，有倾诉的对象
让每一个遗失的词自愿返回
建立联系，理性中有温暖
然后，让我消失其中
独享那分宁静的快乐 §

那一刻，我看见你的裙角被风吹起

古旧的光芒

穿过寂静

（不是音符）

的

多普勒效应

朝向

大朵的紫菀

在半空处

嘀嗒盛放

云朵的罅隙

炽亮的椅子

空旷如歌 §

漫步阳光

——读奥克塔维奥·帕斯

漫步阳光，我渐渐失踪
一种色调，一斜行蝴蝶
在我目光里静静地流动

我孑然一身，丢下形体
突然间感到存在的痛苦
灵魂里，蜥蜴疾如闪电

淌血的太阳，融化的梦
和鸟。岩石是火，文字
是灰烬，海是你的墓地　§

我觉得诗人才是真正的小说家

正午闪烁，在寂静中
岩缝里的树起舞
云游的桥梁，野花与废墟
在开阔的群山之间

遒劲的绿
午后的蔷薇
盛开的果树倚靠着墙上
我们躺在青草地上酣睡
像栗子一样安静

带刺的花园
在狭窄的阳光中
年轻的藤蔓
亲吻我的额头

一个遥远的葡萄园
辽阔的蜜蜂
在一片骨折的阴凉中
寂静的光线像果实一样裂开 §

李鬼

春色干净
路也干净

爷爷杀我一个
便是杀我两个 §

烟囱

　　房上长出另一所房，只是命运屋顶——烟囱。厨房的味道和我的呼吸都从那里离开。烟囱是公正的，不将二者分开。一大束羽毛。黑色的，非常黑。§

富足

你的泾渭分明

我的河水不犯井水 §

秋色赋

风起如隙

天空和草地

我和你 §

阳光妩媚的日子

某个阳光妩媚的日子
一切在流逝

一个瞬间。我
强烈地
进入我自己

在某个不确定的地方 §

闲章

在春日的午后
光线朦胧

蜜蜂们在劳作
蝴蝶在芳香里轻飞

唧唧喳喳的山雀
荡漾在你的涡纹

芦苇鸟压弯了
我从未感到的寂寞 §

如丝绸般光滑

水蜜桃成熟，坠落

光：如丝绸般光滑

河岸边的仓库着火

烟：如丝绸般光滑

穷人家的少女清瘦

裸体：如丝绸般光滑

云

静默：如丝绸般光滑

阳光：如丝绸般光滑

火焰：如丝绸般光滑

梦：如丝绸般光滑

盘子：如丝绸般光滑　§

信徒

一团灰暗的云旋卷

一条直线疾冲向前

天空飞向了它的鸟

沙石落向他的深渊 §

相见欢·猫

麦克阿瑟跑得比兔子还快。 §

10 October

月

你是一尾鱼儿游过我的影子

打湿了

书页一角 §

透明的天空

丢失了松果和满月

静谧又美丽 §

惘然

夕阳，野花，秋色

失控地爱上你。吉普车停下，端望

空气弥漫着雷雨前的气息

山河依旧在原处

沉默的鸟群

沉默如山 §

你要幸福啊

分手时，我对你说："你要幸福啊。"
但现在知道你过得很幸福，
我心里又有一点点难过！§

竹烟波月

此刻
相守已成奢侈
我正在接近从前
那个简单的我

静静地怀念
人生若只如初见
我绕过种种可能
爱或不爱

在想停之地
时间抵达锋刃的边缘
从你那里，我学会了
爱上我的残缺 §

秋日诗

秋日绚丽

纷纷黄叶在愉快地逝去

万物静默像帝王

日子是风一样透明

我倚着一朵云彩站立在天边

残影锁住山峦

夕阳捋直金子般的回忆

一千只飞鸟叠成黄昏的柔情

扩大了我的忧伤 §

煮熟的米饭饱溢阵阵荷香

虚无

如同我胃里一团火焰 §

花明如猫

这是一个美好的夜晚

月光分外明亮，盛开的花，隐秘的花

喜悦不宜张扬，烘焙，裱花

你静静坐在花园里

盛开的一千朵花煎熬你的记忆

它不光是香味迷人

花朵绚烂夺目，像月光一样清白 §

鸟雀划过蓝天，清新如处子

凉爽如日出莲花洞里的鲤鱼

绿意盎然如大地湖泊的草场

金色如自然野生蜜蜂的蜂房 §

一对乳房那么美好

我多么希望它们

是我最后的港湾 §

玫瑰刺

你如此妩媚动人
越是逃离
刺痛越深 §

乡村加油站

感觉如临大敌

简直不知所云

真是无聊透顶

让我云里雾里 §

停电笔记

夜色薄如鸭子

辽阔的原野上

漫长的鲜花无边无岸

嘹亮的星子

躺在我的袖筒中

万物即将成为我的阴影 §

刺藜

绝对的小镇
绝对的爱
绝对的阴影
绝对的美 §

我想好好地

顺其自然地

义无反顾地

品尝你的一生 §

苦笑

笑是假

苦是真 §

无题

堕胎后

她又开始像处女般

单纯 §

谈话

挂在墙上的猫

像被打碎的精美茶杯 §

深

或已成了一种回不去的浅。 §

你在树下漫步

树说：

"宽容是最高的美。"§

无聊的诗

这个深夜，我抓住一只蚊子

捏碎了它的脊骨

咔嚓一声——

整个世界安静了 §

一句话

一句话在我的身体里
金盆洗手。于是哭泣
在黑暗中暴走

刀光剑影，折戟沉沙
我痴痴地笑，爱上你
极端，美好

此时此刻，贼兵略地
我悔过自新重做罪人：
好死不如赖活 §

控鹤监

今天我独自散步

走在牡丹花中

阳光戛然洒下

我碎了，如唐代诗人所写

紫色的霞光

午后的清凉

杏树在开花

在你温柔的双乳间

光完成了折射

你在照片中闪烁

日复一日

我远远地爱着闪烁不定的你　§

遇见豹子

——致阿来

我们点亮篝火，照亮原野，一只豹子
栖息在松柏上，欲纵身一跃！

豹子就是一首诗，绿莹莹的目光，颀长黝黑的肌肉，
生风的四爪。

豹子洞悉一切：那承载人类几百年历史的无声泪水，
摧毁破坏无数家园的狂风，还有猎物靠近时鲜血流淌的声音。

死亡之歌的背后奔跑的梅花鹿。这首歌是黑色豹子
带着绿莹莹的目光，栖息在松柏一样的诗行上。

直到日出东方。 §

今夜这座城市里只有一位诗人

今夜月色如砂纸
冷漠的目光赶走了悲伤

他们哭得筋疲力尽
爱与恨，变得如此庸俗

我无法不麻木
我的尾巴夹得越来越紧

今夜这座城市里
只有我一位诗人

请放过我的好，这个时代我喜欢坏
衣带渐宽终不坏的坏

我要尊严地写作
就在这里和此刻

我佛慈悲
也默然无语 §

省略

他们似乎很……

他们应该更努力……

他们应该更……

我希望他们不那么……

他们从不……

他们总是……

有时他们……

偶尔他们……

然而很明显他们……

他们一直是……

结果就是……　§

写给自己的诗

做一个善始善终的人

做一个善始善终的

做一个善始善终

做一个善始善

做一个善始

做一个善

做一个

做一

做 §

句行

一束鸟鸣搅动的清晨
用我最经典的姿势
饮着冰水

依偎你腰间的忧伤
处于蓝色和清澈之间
你的轮廓
释放在雨点中

鸟即是鸟
梦之上飞落的花瓣

词语是坚不可摧的
夏日的情侣彼此依偎着
建筑物的缝隙充满了碎裂的日光　§

某个孤独的日子，我称读书为"溢美"。

隐喻里，一本大部头书是一片"云彩"。

去掉这些喻意，云彩就会成为一块石头。 §

11 November
月

俳句

夜晚刷好牙

我才能好好写诗

她说："不会吧。" §

短句

阳光和白蜡树

微笑嫣然

成长太快，成熟太缓慢 §

乌鸦

夜晚最为漆黑的地方：灵魂

灵魂里最光芒的生灵是乌鸦

这生机勃勃的死神之鸟

在一切安静之时

它会突然猛扑过来

站在高枝或落到屋顶

它思想的光絮

纯洁如同夜色

这浑身黝黑的傲慢天使

它用利喙杀戮罪恶和谎言

啄食恐惧和腐烂的气息

它的瞳仁里分配着虚无

在整个世界的混乱中

它的叫声的力量充满

乌鸦，乌鸦，最黑暗的鸟

未卜先知的你带来最明亮的光 §

南华寺

一枚月光跌落

在路中央起舞

小径上的黄叶

奔跑如佛　§

杯中怀古

看着杯中

乌骓①游曳

宛若金鱼

项羽一把火

烧掉霸业

带着虞姬

一同渡江 §

①乌骓马，项羽坐骑；如今也是一款名茶。

（这页留白吧。） §

善与恶

可见的善
像恶一样弥漫

透明的恶
像善一样横行 §

猫

猫是喜怒无常的
猫是歹毒的
猫也是强有力的

猫会使我们陷入进退两难的困境
也会使我们跌入无可奈何的窘境
甚至会轻视我们的追求和理想

猫，就是这样残忍
它把你驱逐到悬崖边上
让你一动都不能动
这时却把球抛给你 §

阳光过于耀眼

一只懒猫

与云彩对峙着 §

讲一个故事给小龙女听

有一天，小龙女遇见

一只猪，猪问：你姓什么？

小龙女说，我姓猪啊

猪说："怎么可能！你腾云驾雾

我只能在地上吃饱睡，睡饱吃。"

小龙女说："龙猪本是同宗同源，

只不过你的祖先安逸于被人喂养

而我的猪祖先们却一直渴望飞翔

它们一只接一只往悬崖跳，终于

有一天变成了龙！" §

疲惫于抒情之后

晨曦很猫（词穷啊）！

我只是砸碎了北宋的一个缸而已，

就已无诗可写？ §

断句

黄昏像一场沉默的革命

借你一盏茶的工夫

洗净罪恶

晚安

再见 §

宛如纯白

风景里，梅花纯白
如你的吻
有力地落在我的脸上

婉转的鸟啼间
阳光散乱折射
空中溢满晶莹的星星

一切的荣耀
绽放。欢喜 §

鸟语

悬空

斟酌。静默 §

一个人

了悟了空便了悟了不空 §

不想江南春夜如此令人战栗

就这么一句话
那么多人头就落了地

只要心不动
驱动我体内所有的痛觉
也无法想象江山有多美
你有多美

就这么一句话
深入浅出，玉石俱焚
像一场恶贯满盈的雨
浇灭穷人内心的愤怒

春光旖旎，漫溢的花
进行着无罪辩护
数黑论黄
看桃花剑走偏锋

此刻的你冷得像一块碧玉
如何让我相信岁月静好？ §

写诗是一件光荣的事

你一无所有
是个穷光蛋

但你写好了诗歌
也能找个好姑娘　§

习惯拾人牙慧

"你披麻戴孝真漂亮！"§

他的诗句漆黑如夜

但我深深爱上了它 §

乌有镇

那是人间天堂

那是幸福的源头

那里人们衣食无忧

每当梦见那片神圣而庄严的土地

我就忍不住热血沸腾

美丽的乌有镇啊

您的子民每天享用美酒珍肴

在暖和的阳光里自由歌唱

在新鲜的花丛中尽情嬉闹

有您的恩惠和庇护

无论富人还是穷人

都能安然入睡

我依然梦想着那片乐土

洒尽自己的血泪

我相信等我生儿育女之时

在他们牙牙学语之日

最先说出的必将是你的名字：

美丽的乌有镇 §

!

公正仁慈的夏天
日光是座空寂的城

你端坐在王位上
贪吃我们的叹息

你的耳朵是花
你的面庞是果

你的神经逍遥在外
你的目光遍及四野

你生长的地方
是我们最深的伤口 §

像

一朵美丽的雏菊

一枚饥饿的黄叶

一只血色的眼睛

一块响亮的岩石

一场聚拢的风暴

一声绝望的呐喊 §

秩序的需要

居高者的肯定

骸骨的否定

树的肯定

树林的否定

火的肯定，热分子的否定

墓碑的肯定

名字的否定

云雀的肯定

天空的否定

枪杆的肯定，子弹的否定 §

鸟——人

我开始想飞
梦的浮力承载着我
悬而未决的时刻
飞即是存在

飞吧，非常型地飞
以最经典的姿势
飞，飞，飞
飞起

抽刀断鸟鸟更飞
我是一个鸟人啊
我什么也不想
我就想飞

你爱我或不爱我
都已经没有意义
因为天空
比你更习惯我的孤独 §

你的美，让我产生了更多联想

比如，一只海豹
比如，山腰窈窕

比如，芦苇瞻望
比如，夜空中的银河

比如，盛夏的青钱柳
比如，高高的墙院

比如，古代碧玉
比如，大海倾翻　§

动词"永恒"

没有开始或结束
我在孤独中前行，没有风
树叶飘落下来

细雨是这个季节的沉默
走进树林。树林睡了
我的双脚也在打盹，做梦

在某个确定的地点
我不知何故在等待 §

迷途者日记

太阳，树，花

在凹陷的路中央

两只蚂蚁拖着一根干草

慌不择路

迷途者

面对干净的城市，坐在一张长椅上等待

少妇和天空张开微凉的嘴唇 §

纸上谈

猫 §

此刻的天空

蓝得有点专制 §

12月 December

我什么都做不了

就坐在这里写诗

生命在好恶之间

我喜欢避难就易 §

一只猪的墓志铭

它生前好吃懒做，

但从没干过坏事。 §

荆棘鸟

一根荆棘上
的小鸟
栖息
在广袤的天地间

它带着呻吟
惊动四野
渴望着
最美的一阵抽动

一滴血掉下来
滚落进时间
还带着那
生命的温热

停顿的夏日
下雨了
它为这场雨
唱起最后一支歌 §

无事的一夜

我看月

穿云破雾 §

拼贴诗

这些词语我认识它们

有秋天故事　玻璃和楼梯折痕

有两个纸盒子　住着你我

还认识　梦似的星空

坠落美丽的头颅　如果没有人

看　我们就等待着彼此

那没有刻度的思绪

再次探入　§

我是谁

我不是"我"

我是黑夜

是黑夜的荒漠

是迅疾的野兽

一无所知的虚无

无法返回的死亡

我是太阳下海绵

油锅里的水滴

早已流失的梦

我不再理解什么

除了这些泪水 §

紧箍的爱

今夜，晚来风又起
欲言又止

避开赞美
全然不顾高声诘问

锐器划破你的脸
为什么你的谎言说得如此之好？

"天干物燥，小心火种！"

从来没有不可饶恕之罪过
从来没有高贵的腐烂生活

我们捞起老虎，听到大地的哭声
那是绝望的呼唤？ §

防晒乳

在你美丽的伤口上

泄露了神光 §

落花时节又逢猫

猫眉目清秀

猫表情温文

猫倒映在我的心湖里

猫是万事万物

猫是爱，是暖

猫满是溢美之词

落花时节又逢猫

或许换上另一种视角

猫，就是你　§

写诗

我在低处

温柔的颠覆 §

短

如神话般的你 §

正见

我失。故我在 §

恰好

用拜佛心写诗
用诗心来拜佛 §

自制台灯

灯光里《寂静之道》
一抹新绿

就像桃李不言
樱花有樱花的美

赞美或背叛
不取决于我

以虚无之名
到底意难平

自制的灯光
把夜还给黑暗

温馨和诗意
留存我们心中 §

注：五一节那天老家的光管坏了，我自制了这个台灯，那
晚在这盏淡绿的灯光里看书，感觉特别温馨，充满诗意。

蛱蝶

我在这里等待。看蛱蝶吮吸暖春的雨露。我等待，在春日的油菜地里信守约定，发黄的凉风将成吨的云影吹散……

一个下午，心上人没有来。

艳阳囚禁在一本书的世界里，五光十色的流水和鸟群不可阻挡，宛如没有洗净的餐具，一只火焰般的蛱蝶偶然间停落，消隐在绿色里。§

危险的事物总是接近美好

你无路可走

开始走自己的路 §

欧姬芙

如巨大的眼睛在色彩中呼吸，伸展
紧绷的音乐里，一片隐喻的天空充满性之谜

所有花卉，洁白的骨头和燃烧之水
但凡她所想的都在雷霆里滚过 §

指马为鹿

他们知道这是马

他们知道我们知道

这是马，不是鹿

他们指马为梅花鹿 §

关于猫的十一问

猫像大海吗？

猫可以用云朵咬碎吗？

猫很难戒掉吗？

猫能在香烟里培育吗？

猫会再次爱上原来的那个陌生人吗？

猫的占有欲强烈吗？

猫会偷吃我的美梦吗？

猫的目光能冲洗吗？

猫的呼吸能塞进信封吗？

猫黑暗吗？很直吗？

猫可堪践踏吗？§

漫

漫天的油菜花海
像一场美学运动 §

今日我抄了一首诗

如下：

冬阳之午

冬阳之午

两只粉蝶就舞满了窗外整个巷子

冬之灿烂都在两只粉蝶上

高山有雪 §

瓜熟蒂落

我尚未告诉你
紧跟着丝瓜花盛开的
是我内心的甜蜜
秘而不宣

绿徐徐降下
日子是明媚的。唯独
你是我心事
最尖锐的部分 §

此时此刻

只有你
你的羞涩和美丽
你的忧郁
像冰一样蔚蓝

只有我和你
坐在咖啡馆的秋千上
看着窗外的雨
落在这个雨季

我不想爱你
但爱情自己前进
我越是逃离
却越是靠近你 §

原来如此

世上的坏人太多

他的坏恰到好处 §

给钟欣桐写一首诗

你是水做的

自然有波澜 §

为什么我的诗那么脆

折断了一节
又折断了一节
我的诗不敢弯曲
它相当的脆
无可挽回的脆

我惊讶不已
为什么我的诗那么脆
脆得没有缘由
脆得没有一丝光亮
脆到只剩骨架

"不要写诗！"有人
吼道：你的诗太脆！

我没有屈膝
我挺直了腰杆
我坚信脆必定是光明
是万物的循环
是岁月的绚烂

看着

她舞动的腰肢

我差点坠入爱河 §

一首忘记的情诗

寂寞。在五点和七点之间
当翩跹的黄昏随夕阳西下
花园的青梅树散尽了芬芳
我走进旧的纪念册

走在一条宁静的小径
曾经抓住或失去的日子，落入
从你眼中传译出来的《茵梦湖》中
在树篱和树篱之间
也许你做着和我一样的梦

我想你不是回忆，而是忘记
就像忘记一朵花或一个吻
坦言相告，睡眠是我的渡口
如果你不愿意聆听我的心音，请便

或许经过了许多岁月后
你也和我一样理解它：幸福 §

写诗十年

我一无所有
但有人嫉妒

我与世无争
仍有人攻击

而我
都已经受住了

哪怕天高云淡
哪怕不知天高地厚

素来我行我素
从无沽名钓誉

我有一亩诗田
足矣　§

没有月亮

没有月亮

没有树

懂你的心

炽热的记忆里

世间没有欢乐

也没有永恒

在梦境与死亡之间

分泌出昔日的痛苦

思念的笔迹

无法触及

你的心似一片

荒凉的土地

那里没有月亮

没有树 §

她的身体是柔媚的小镇

朗朗的夜空里

一弯新月

如画 §

沉默的诗

我将记住众神逝去后的黄昏
在此前，我只记住了樱桃
和你的笑容，倾国倾城

我将记住银杏树闪耀
从古至今，一样伤感的落叶
和一草一木的声音

我将记住，人生譬如朝露
那些无法挽回的败局
和我还想歌颂的事物

我记住莲花在湖心绽放，记住
写在纸上的恩怨已绝的字迹
记住所有鸟鸣和流云的月光

当我记住那些伤痛因善念而光明
记住时间就是我们的靠山
我就可以安然地死去 §

恐龙

　　当我醒来时，我孤独一人。这里正值盛夏：无花果熟了，葡萄胀鼓鼓的，西瓜轻微一碰就裂开；我从不痛苦，也不想去死，还在写诗，这只能说是奇迹。但日落结束得越来越早，七月晚上送来凉爽的气息，我看到开满鲜花的小径。

　　夜空下，一棵李子树结满了果实。在荒凉的风景中，瞬间成熟。§

梦和记忆

虎惊慌地逃走

群山沉默不语

一个青年诗人

从此在此长眠 §

致谢

感谢黎明，感谢天空，感谢云朵

感谢你们那一阵激赏的喝彩

感谢等待的一切是美好的

感谢日出而作日落而息

感谢无法违逆的混沌

感谢太阳、微风和雨

感谢带着爱情的果实

感谢母亲，感谢妻子和儿子

感谢说出感谢的

词语。

图书在版编目（CIP）数据

365日诗歌练习簿 / 游天杰著. -- 武汉：长江文艺
出版社，2021.3
ISBN 978-7-5702-1485-3

Ⅰ. ①3… Ⅱ. ①游… Ⅲ. ①诗集－中国－当代
Ⅳ. ①I227

中国版本图书馆 CIP 数据核字（2020）第 262199 号

责任编辑：胡　璇　　　　　　　　责任校对：毛　娟
装帧设计：壹道四方　　　　　　　责任印制：邱　莉　　王光兴

出版：长江出版传媒 | 长江文艺出版社
地址：武汉市雄楚大街 268 号　　　　邮编：430070
发行：长江文艺出版社
http://www.cjlap.com
印刷：湖北新华印务有限公司

开本：787 毫米×1092 毫米　　　1/32　　　印张：11.75　　　插页：4 页
版次：2021 年 3 月第 1 版　　　　2021 年 3 月第 1 次印刷
行数：5946 行

定价：68.00 元

版权所有，盗版必究（举报电话：027—87679308　　87679310）
（图书出现印装问题，本社负责调换）